LA PRINCESSE D'ELIDE,

Comedie heroïque mélée de Musique, & d'Entrées de Ballet.

A PARIS,

Par CHRISTOPHE BALLARD, seul Imprimeur du Roy
pour la Musique.

M. DC. XCII.

Par exprés Commandement de Sa Majesté.

LA PRINCESSE
D'ELIDE,

Comedie heroïque mêlée de Muſique,
& d'Entrées de Ballet.

PREMIERE IMTERMEDE.

L'Ouverture ſe fait par un grand Concert
d'Inſtruments.

RECIT DE L'AURORE,

Madame de la Lande.

Uand l'Amour à vos yeux offre un
 choix agreable,
Jeunes beautez, laiſſez-vous enflamer:
Mocquez vous d'affecter cét orgüeil
 indomptable
Dont on vous dit qu'il eſt beau de s'armer:
Dans l'âge où l'on eſt aymable
Rien n'eſt ſi beau que d'aymer.

A ij

Soûpirez librement pour un amant fidelle,
Et bravez ceux qui voudroient vous blâmer;
Un cœur tendre est aymable, & le nom de cruelle
N'est pas un nom à se faire estimer:
Dans le temps où l'on est belle
Rien n'est si beau que d'aymer.

Autre Recit Burlesque de Lyciscas, & de trois Valets de Chien, chantans.

Lyciscas. Monsieur la Torilliere.

Valets de Chien, chantans.

Messieurs Morel, Matho, & Bastaron.

Ces trois Valets de Chien, Musiciens, couchez au milieu du Theatre, se réveillent, & pour réveiller aussi Lyciscas leur camarade, chantent les paroles suivantes.

HOla? hola? debout, debout, debout:
Pour la Chasse ordonnée, il faut preparer tout:
Hola? ho! debout, viste, debout.

Premier Valet.

Jusqu'aux plus sombres lieux le jour se communique.

Second Valet.

L'air sur les fleurs en perles se resout.

Troisiéme Valet.

Les Roſſignols commencent leur Muſique,
Et leurs petits concerts retentiſſent par tout.

Tous enſemble.

Sus, ſus debout, viſte debout?
Qu'eſt-cecy, Lyciſcas, quoy? tu ronfles encore,   Parlant à
Toy qui promettois tant de devancer l'Aurore?   Lyciſcas qui dormoit.

Allons debout, viſte debout,
Pour la Chaſſe ordonnée il faut preparer tout,
Debout, viſte debout, depêchons, debout.

LYCISCAS en s'eveillant.

Par la morbleu vous eſtes de grands braillars,
vous autres, & vous avez la gueule ouverte
de bon matin?

MUSICIENS.

Ne vois-tu pas le jour qui ſe répand par tout?
Allons débout, Lyciſcas debout.

LYCISCAS.

Hé! laiſſez-moy dormir encore un peu, je
vous conjure?

MUSICIENS.

Non, non debout, Lyciſcas debout.

LYCISCAS.

Je ne vous demande plus qu'un petit quart
d'heure.

MUSICIENS.

Point, point debout, viſte debout.

LYCISCAS.

Hé! je vous prie?

MUSICIENS.

Debout.

LYCISCAS.

Un moment.

MUSICIENS.

Debout.

LYCISCAS.

De grace.

MUSICIENS.

Debout.

LYCISCAS.

Eh!

MUSICIENS.

Debout.

LYCISCAS.

Je.........

MUSICIENS.

Debout.

LYCISCAS.

J'auray fait incontinent.

MUSICIENS.

Non, non debout, Lyciſcas debout:
Pour la Chaſſe ordonnée, il faut preparer tout;
Viſte debout, depêchons debout.

LYCISCAS.

Et bien laiffez-moy , je vais me lever : Vous
eftes d'êtranges gens de me tourmenter comme
cela : Vous ferez caufe que je ne me porteray pas
bien de toute la journée ; car, voyez-vous, le
fommeil eft neceffaire à l'homme , & lorfqu'on
ne dort pas fa refection, il arrive ... que ...
on eft....

Premier Valet.

Lycifcas.

Second Valet.

Lycifcas.

Troifiéme Valet.

Lycifcas.

Tous enfemble.

Lycifcas.

LYCISCAS.

Diable foit des brailleurs, je voudrois que
vous eufliez la gueule pleine de boüillie bien
chaude.

MUSICIENS.

Debout, debout vifte debout, depêchons debout.

LYCISCAS.

Ah ! qu'elle fatigue de ne pas dormir fon fou.

Premier Valet.

Hola ? oh.

Second Valet.

Hola ? oh.

Troifiéme Valet.

Hòla ? oh.

Tous enfemble.

Oh ! oh ! oh ! oh ! oh.

LYCISCAS.

Oh ! oh ! oh ! oh ! oh. La pefte foit des gens avec leurs chiens de hurlemens, je me donne au Diable fi je ne vous affomme. Mais voyez un peu quel diable d'entoufiâme il leur prend, de me venir chanter aux oreilles comme cela, je....

MUSICIENS.

Debout.

LYCISCAS.

Encore.

MUSICIENS.

Debout.

LYCISCAS.

Le Diable vous emporte.

MUSICIENS.

Debout.

LYCISCAS en fe levant.

Quoy toûjours ? a-t'on jamais vû une pareille furie de chanter ? Par le fang bleu j'enrage, puifque me voilà éveillé il faut que j'éveille les autres, & que je les tourmente comme on m'a fait. Allons ho ? Meffieurs, debout, debout,

vifte

vifte c'eft trop dormir. Je vais faire un bruit
de Diable par tout, debout, debout, debout;
Allons vifte, ho! ho! ho? Debout, debout,
pour la Chaffe ordonnée il faut preparer tout,
debout, debout, Lycifcas debout? ho! ho! ho!

Lycifcas s'eftant levé avec toutes les peines
du monde, va crier aux oreilles des huit autres
Valets endormis, qui dancent une Entrée.

Huit Valets de Chien dançans.
Meffieurs Favier l'aîné, Pecourt, Faüre, Létang,
Magny, Bouteville, Dumirail & Germain.

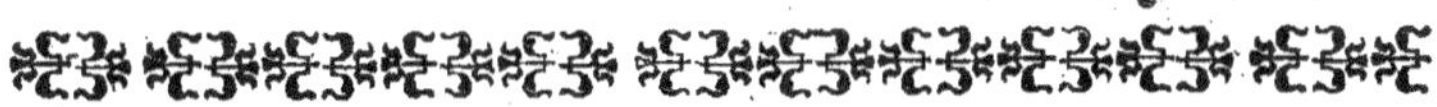

LE PREMIER ACTE
de la Comedie.

SECOND INTERMEDE.

MOron demeurant pour s'entretenir avec
les Arbres & les Rochers, & fe joüant
avec l'Echo, eft interrompu par un Ours qui
le pourfuit, & s'en eftant delivré, trouve quatre Valets de Feftes qui dancent, & tandis qu'il
les regarde, il fort quatre Joüeurs de Flûtes
qui le veulent obliger à tenir leur papier de
Mufique.   B

Quatre Valets de Festes dançans.

Messieurs Favier l'aîné, Létang, Bouteville
& Dumirail.

Quatre Joüeurs de Flûtes.

Messieurs Pieche l'aîné, Pieche cadet, Philidor l'aîné
& Desjardins.

LE DEUXIEME ACTE
de la Comedie.

TROISIE'ME INTERMEDE.

Moron veut obliger Philis, qu'il aime, à demeurer avec luy. Elle n'y veut point consentir,
qu'à condition qu'il ne dira mot, ce qu'il obser-
ve un peu de temps; mais comme il veut rom-
pre son silence, elle s'enfuit & l'oblige, pour
apprendre à chanter, d'aller trouver un Satyre
Musicien qui luy chante ces deux Chansons.

UN SATYRE MUSICIEN. Monsieur Bastaron.

JE portois dans une cage
Deux moyneaux que j'avois pris ;
Lorsque la jeune Cloris
Fit dans un sombre boccage
Briller à mes yeux surpris,
Les fleurs de son beau visage :

Helas! dis-je aux moyneaux, en recevant les
coups
De ses yeux si sçavans à faire des conquestes,
  Consolez-vous, pauvres petites bestes,
Celuy qui vous a pris est bien plus pris que vous.

    Dans vos chants si doux,
    Chantez à ma belle,
    Oyseaux, chantez tous
    Ma peine mortelle:
    Mais si la cruelle
    Se met en couroux
    Au recit fidelle
  Des maux que je sens pour elle;
    Oyseaux, taisez-vous.
    Oyseaux, taisez-vous.

Moron & le Satyre se querellent en suite;
mais leur combat est interrompu par quatre
Satyres qui viennent les separer.

Quatre Satyres dançans.

Messieurs Mayeu, Joubert, Germain
& Barazé.

LE TROISIE'ME ACTE
de la Comedie.

QUATRIE'ME INTERMEDE.

Philis loüe la voix de Tircis ſon amant, ce qui l'oblige à luy chanter ces paroles.

TIRCIS. Monſieur Matho.

Tu m'écoutes, helas ! dansma triſte langueur,
Mais je n'en ſuis pas mieux, ô beauté ſans
pareille !
Et je touche ton oreille,
Sans que je touche ton cœur.

Moron les vient ſurprendre, mais Philis luy impoſe ſilence pour écouter cette Chanſon du Berger Tircis.

Arbres épais, & vous prez émaillez,
La beauté dont l'Hyver vous avoit dépoüillez,
Par le Printemps vous eſt renduë,
Vous reprenez tous vos appas ;
Mais mon ame ne reprend pas
La joye, helas ! que j'ay perduë.

Moron ſollicité par l'exemple ſe hazarde à chanter cette Chanſon qu'il a faite pour Philis.

MORON.

TOn extrême rigueur
S'acharne fur mon cœur,
Ah! Philis, je trépaffe!
Daignes me fecourir?
En feras-tu plus graffe
De m'avoir fait mourir?

Six Bergers déguifez en fous avec des marottes
paroiffent pour fe mocquer de Moron.

Six Bergers fous dançans.

Meffieurs Pecourt, Létang, Faüre, Magny,
Bouteville & Germain.

LE QUATRIEME ACTE
de la Comedie.

CINQUIE'ME INTERMEDE.

La Princeffe pour chaffer fon inquietude oblige
les Bergers à luy chanter les Airs fuivans.

UNE BERGERE CHANTANTE SEULE,
Madame de la Lande.

AH! mortelles douleurs!
Qu'ay-je plus à pretendre?

Coulez, coulez mes pleurs,
Je n'en puis trop répandre.

Pourquoy faut-il qu'un tyrannique honneur
Tienne noſtre ame, en eſclave, aſſervie?
Helas! pour contenter ſa barbare rigueur
J'ay reduit mon Amant à ſortir de la vie.
Ah! mortelles douleurs!
Qu'ay-je plus à pretendre?
Coulez, coulez mes pleurs.
Je n'en puis trop répandre.

Me puis-je pardonner dans ce funeſte ſort
Les ſeveres froideurs dont je m'étois armée?
Quoy donc, mon cher Amant, je t'ay donné la
mort,
Eſt-ce le prix, helas! de m'avoir tant aimée?
Ah! mortelles douleurs, &c.

La Princeſſe interrompt la Bergere en cet endroit, & dit; Achevez ſeules, ſi vous voulez, je
ne ſçaurois demeurer en repos; & quelque dou-
ceur qu'ayent vos chants, ils ne font que redou-
bler mon inquietude.

DIALOGUE DE CLIMENE
ET DE PHILIS.

CLIMENE.

CHere Philis, dis-moy, que crois-tu de l' Amour?

PHILIS.

Toy même qu'en crois-tu, ma compagne fidelle?

CLIMENE.

On m'a dit que sa flame est pire qu'un Vautour,
Et qu'on souffre en aimant une peine cruelle.

PHILIS.

On m'a dit qu'il n'est point de passion plus belle,
Et que ne pas aimer, c'est renoncer au jour.

CLIMENE.

Qu'en croirons-nous ? ou le mal ou le bien ?

CLIMENE ET PHILIS
ensemble.

Aimons, c'est le vray moyen
De sçavoir ce qu'on en doit croire.

PHILIS.

Cloris vante par tout l'Amour & ses ardeurs.

CLIMENE.

Amaranthe pour luy verse en tous lieux des larmes.

PHILIS.

Si de tant de tourmens il accable les cœurs,
D'où vient qu'on aime à luy rendre les armes ?

CLIMENE.

Si ſa flâme, Philis, eſt ſi pleine de charmes,
Pourquoy nous deffent-on d'en goûter les douceurs?

PHILIS.

A qui des deux donnerons-nous victoire?

CLIMENE.

Qu'en croirons-nous? ou le mal ou le bien?

Enſemble.

Aimons, c'eſt le vray moyen
De ſçavoir ce qu'on en doit croire.

Six Paſtres entendans la voix des Bergeres s'approchent, & joignent leurs danſes à leurs voix.

Six Paſtres dançans,

Meſſieurs Faüre, Magny, Bouteville. Dumirail,
Germain & Barazé.

LE

LE CINQUIE'ME ACTE
de la Comedie.

SIXIE'ME ET DERNIER
INTERMEDE.

Quelques Bergers & Bergeres du Pays en ré-
joüiſſance du changement du cœur de la Princeſſe, celebrent par des dances & des Chanſons
le pouvoir de l'Amour.

CHANSON.

*U*Sez mieux, ô beautez fieres!
Du pouvoir de tout charmer;
Aimez, aimables Bergeres,
Nos cœurs ſont faits pour aimer:
Quelque fort qu'on s'en deffende,
Il y faut venir un jour:
Il n'eſt rien qui ne ſe rende
Aux doux charmes de l'Amour.

- Au doux chant
de cette Gavot-
te quatre Ber-
gers dancent.

Songez de bonne heure à ſuivre
Le plaiſir de s'enflamer,
Un cœur ne commence à vivre
Que du jour qu'il ſçait aimer:

C

Quelque fort qu'on s'en deffende,
Il y faut venir un jour :
Il n'eſt rien qui ne ſe rende
Aux doux charmes de l'Amour.

SYLVIE Madame de la Lande.

Icy l'ombre des ormeaux
Donne un teint frais aux herbettes,
Et les bords de ces ruiſſeaux
Brillent de milles fleurettes
Qui ſe mirent dans les eaux.
Prenez, Bergers, vos muſettes,
Ajuſtez vos chalumeaux,
Et mêlons nos Chanſonnettes
Aux chants des petits oyſeaux.

On dance en cét endroit,

Le Zephire entre ces eaux,
Fait mille courſes ſecrettes,
Et les Roſſignols nouveaux
De leurs douces amourettes
Parlent aux tendres rameaux.
Prenez, Bergers vos Muſettes,
Ajuſtez vos chalumeaux,
Et mêlons nos Chanſonnettes
Aux chants des petits oyſeaux.

Quatre Bergers * Galants mêlent leurs pas
à tout cecy, & occupent par leurs dances les
yeux, tandis que la Musique occupe les oreilles.

CLIMENE. ·Mademoiselle Chappe.

Ah! qu'il est doux belle Sylvie,
Ah! qu'il est doux de s'enflamer;
Il faut retrancher de la vie
Ce qu'on en passe sans aymer.

SYLVIE. Mademoiselle Varango.

Ah! les beaux jours qu' Amour nous donne,
Lorsque sa flame unit les cœurs;
Est-il ny gloire ny couronne
Qui vaille ses moindres douceurs?

TIRCIS. Monsieur Matho.

Qu'avec peu de raison on se plaint d'un martyre
Que suivent de si doux plaisirs.

PHILENE. Monsieur Guillegault.

Un moment de bon-heur dans l'amoureux empire
Repare dix ans de soûpirs.

Tous ensemble.

Chantons tous de l'Amour le pouvoir adorable,
Chantons tous dans ces lieux
Ses attraits glorieux;
Il est le plus aimable,
Et le plus grand des Dieux.

CHACONNE.

Un Berger feul dançant.
Monfieur de Beauchamp.

Huit Bergers dançants.
Meffieurs Favier l'aîné, Favier le cadet, Magny,
Bouteville, Létang, Faüre, Germain,
& Dumirail.

FIN.